Nota para los padres y encargados:

Los libros de *Read-it! Readers* son para niños que se inician en el maravilloso camino de la lectura. Estos hermosos libros fomentan la adquisición de destrezas de lectura y el amor a los libros.

 El NIVEL MORADO presenta temas y objetos básicos con palabras de alta frecuencia y patrones de lenguaje sencillos.

 El NIVEL ROJO presenta temas conocidos con palabras comunes y oraciones de patrones repetitivos.

 El NIVEL AZUL presenta nuevas ideas con un vocabulario más amplio y una estructura gramatical más variada.

 El NIVEL AMARILLO presenta ideas más elevadas, un vocabulario extenso y una amplia variedad en la estructura de las oraciones.

 El NIVEL VERDE presenta ideas más complejas, un vocabulario más variado y estructuras del lenguaje más extensas.

 El NIVEL ANARANJADO presenta una amplia de ideas y conceptos con vocabulario más elevado y estructuras gramaticales complejas.

Al leerle un libro a su pequeño, hágalo con calma y pause a menudo para hablar acerca de las ilustraciones. Pídale que pase las páginas y que señale los dibujos y las palabras conocidas. No olvide volverle a leer los cuentos o las partes de los cuentos que más le gusten.

No hay una forma correcta o incorrecta de compartir un libro con los niños. Saque el tiempo para leer con su niña o niño y transmítale así el legado de la lectura.

Adria F. Klein, Ph.D.
Profesora emérita, California State University
San Bernardino, California

Editor: Christianne Jones
Page Production: Melissa Kes/JoAnne Nelson
Art Director: Keith Griffin
Managing Editor: Catherine Neitge
The illustrations in this book were created in watercolor.
Translation and page production: Spanish Educational Publishing, Ltd.
Spanish project management: Jennifer Gillis/Haw River Editorial

Picture Window Books
5115 Excelsior Boulevard
Suite 232
Minneapolis, MN 55416
877-845-8392
www.picturewindowbooks.com

Library of Congress Cataloging-in-Publication Data
Blackaby, Susan.
[Meg takes a walk. Spanish]
Meg sale a pasear / por Susan Blackaby ; ilustrado por Sharon Holme ; traducción,
Carlos Ruiz.
p. cm. — (Read-it! readers)
Summary: In simple sentences, tells about the adventures that occur when Meg
takes her dog Peg for a walk.
ISBN 1-4048-1685-2 (hardcover)
[1. Dogs—Fiction. 2. Walking—Fiction. 3. Spanish language materials.]
I. Holme, Sharon, ill. II. Ruiz, Carlos, 1949- III. Title. IV. Series.

PZ73.B5525 2006
[E]—dc21
                                                            2005024751

Meg sale a pasear

por Susan Blackaby
ilustrado por Sharon Holme

Traducción: Carlos Ruiz

Con agradecimientos especiales a nuestras asesoras:

Adria F. Klein, Ph.D.
Profesora emérita, California State University
San Bernardino, California

Kathy Baxter, M.A.
Ex Coordinadora de Servicios Infantiles
Anoka County (Minnesota) Library

Susan Kesselring, M.A.
Alfabetizadora
Rosemount-Apple Valley-Eagan (Minnesota) School District

PiCTURE WiNDOW BOOKS
Minneapolis, Minnesota

Meg saca a Peg a pasear.

Peg va a la derecha y Meg va
a la izquierda. Meg tira la correa.

El Sr. Rojo arregla un comedero.

Meg ayuda.

¡Peg ayuda! Meg tira la correa.

La Sra. Franco recoge frutas.

Meg ayuda.

¡Peg ayuda! Meg tira la correa.

Nico vende nieves. Meg ayuda.

¡Peg ayuda! Meg tira la correa.

El gatito está en el árbol. Meg ayuda.

¡Peg ayuda! Meg tira la correa.

¡Ay, no! El gatito sale corriendo.

¡Ay, no! Peg sale corriendo.

El gatito asusta a la Sra. Franco.

Peg derrama las frutas.

El gatito asusta al Sr. Rojo.

Peg tira el comedero.

El gatito asusta a Nico.

Peg derrama las nieves.

Meg recoge todo.

Peg no ayuda.

Peg duerme. Ha sido un día
muy agitado.

Más *Read-it! Readers*

Con ilustraciones vívidas y cuentos divertidos da gusto practicar la lectura. Busca más libros a tu nivel.

FICCIÓN

Bess y Tess	1-4048-1689-5
El cuadro de Mary	1-4048-1649-6
Un cuarto para dos	1-4048-1694-1
Dan pone la mesa	1-4048-1682-8
De pesca	1-4048-1684-4
Juanita juega	1-4048-1652-6
El lugar de Luis	1-4048-1688-7
El mejor futbolista	1-4048-1690-9
Mudanza	1-4048-1686-0
El primer día	1-4048-1627-5
Pruébalo	1-4048-1692-5

Acampar	1-4048-1681-X
La carta de Paula	1-4048-1687-9
Eric no juega	1-4048-1683-6
Fito y el pito	1-4048-1691-7
Vamos a compartir	1-4048-1693-3

Cansada de esperar	1-4048-1695-X

¿Buscas un título o un nivel específico? La lista completa de *Read-it! Readers* está en nuestro Web site: *www.picturewindowbooks.com*